歌集

夕陽のわつか

乾　醇子

本阿弥書店

夕陽のわつか　目次

Ⅰ

装画　乾　喜久雄
装幀　長谷川周平

歌集

夕陽のわつか

乾　醇子

I

真鴨

ひたひたと遡りくる波に乗りやうやく来たりぬ真鴨の家族

青空に渡りの鴨の群れが見ゆ川は静かにしづかに流る

水仙の匂ふ通りの角ゆけば見知らぬ道が広がりてをり

口答へせずに従ふ子のごとく点灯さるる公孫樹の並木

角帯の結び方など尋ねくる男の子は紺の着流し似合ふ

手作りの

先導する黄のゼッケンの選手にも声援ありぬ大阪マラソン

手作りの旗を掲げて子の友を待ちつづけたり二時間ほどを

大勢の走る足音ひびかせてどよめきを呼ぶ秋の一日

わが家の前ゆくマラソンランナーのタイガーマスクに大声かける

秋風の吹き始めたりふはふはと湯気の立ちたる選手の背《そびら》

時にとまり時に歩きてゴールせし人の消息わからぬままに

言はざりし事多くなり言へぬ事なほ多くなるランナー見る日も

出かけゆくらし

二十代を語る男の横顔に記憶と競ふさびしさの見ゆ

四つ身にも縫ひ上げいらぬ児となりておほつごもりの夜はふけゆく

夜遊びを決してしないあの娘まで出かけゆくらしカウントダウンに

足首の傷癒えぬまま目瞑りて百八つ目の鐘をききをり

添へ書きは見覚えのある友の文字最後にしますと賀状の届く

椋鳥のねぐら入りする一本の槐は長い影をつくりぬ

ほろ酔ひ

ハレの日を呼び込みたくて七センチの赤いヒールを履きて出かける

咲き初めし白梅の小枝あしらはれ西京漬けの鰆が並ぶ

亡き父にたえず言はれき呼ばれればともかく立てよ言ひ訳するな

白梅の小枝スマホに連写するゆとりわづかに生まれたる朝

北風の抜けゆくビルの片隅に植ゑし侘助咲き初めてをり

ほろ酔ひに似つつ春陽を浴びをりぬ芽吹きの草生に足を投げ出し

境内の楠の木下をくくーるくくー鳴き続けゐる白い小鳩は

柳の新芽

雨の日に柳の新芽みつけたりかたへの夫と傘をひとつに

春雨のしづくこぼせる若柳《わかやなぎ》相乗り自転車かすめて通る

〈ほたるまち〉ほたほた歩く両側のさくら若木はほんのり紅く

五十年店子でありし嶋田さん脳神経外科の部屋に越しゆく

水仙が一番好きよとつぶやきて季待たずして移りゆきたり

オハヤウと小さな声で挨拶す近しい人にも目を合はさずに

橋桁に満ちくる水の音やさしホシハジロはや帰りゆきたり

少し咲きし水仙倒し葉ばかりに春の嵐は三時間ほど

パトカーはいきなりサイレン鳴らしたり春の嵐に信号ゆれる

かすめゆきし相乗り自転車くっきりと影を作りて信号待ちす

息する仔猫

隣り家の白猫いつしかベランダに薄く目をあけ丸まりてをり

片足を少しひきずり歩みゐる女のあとを猫はつきゆく

母猫に舐められ息する仔猫らのうごめく音が暗がりを這ふ

水撒けば野鳩が鳴きぬこの春に生まれし男の子をあやすかのごと

水たまりをひと跨ぎして雲奔る土手の桜が二分咲きとなり

春まけて一番の空見つけたり蓮華田の上ぽつかりと青

菜の花の淡き匂ひをとぢこめた友の手紙を幾たびも読む

ぶち猫がまたも落ちたる古井戸に今日は朝から梯子をかける

弱りたる

裸木がうす桃色に見えるとき呼ばれたやうに春の雨ふる

山霧に巻かれてのぼる坂道に枝垂れ桜のつとあらはれる

棒きれを杖とし歩む坂道に途切れとぎれの来し方が見ゆ

これからが本番ならむ生くるとは稀なる齢の入り口にたつ

ゆがみしは見てゐるがはか薄雲に下弦の月の昇りゆきたり

観光船橋の手前で止りたり豊太閤のふなあそび跡

大事ないと言ひてすつくと立ち上がる小さき段差を横目に見つつ

一日を百歩たらずに過ごす日は夫の両膝こくんこくんと

弱りたる足にて階段のぼりゆく夫は支へを拒み続ける

あるかなきかを

峠までトンネルよりの山々を白くおぼろにする山桜

花の咲く木陰にをりてひすがらを蟻の行列ながめてゐたし

いつかまた会ひませうねと約したりあなたの笑顔忘れぬうちに

人影の絶えて久しい四つ辻の櫟の新芽やうやくひらく

ふうらりと訪ねくる人またありて話す時間をともにたゆたふ

蒼闇に咲ききりし花が散る音のあるかなきかを目瞑りてきく

散りしける花びら拾ふ子らのゐてたなごころにある石の温もり

息を合はせり

引き出しをパタンと閉ぢる医師の顔その後のことは聞けぬままなり

根付けるか三度目の春を庭隅のシロバナタンポポつぼみを抱く

蓮華田に花が咲き初め大和路をよーそろよそろ春風の吹く

ホシハジロの姿は見えず陽光をうけて流るる白い川面は

黒帽子かむりマスクをする人に頭さげたり知り合ひかもと

いつよりか馴染みとなりぬ病む人か付き添ふ人か待合室に

オペを終へじつとこらへてゐる夫のかたへにをりて息を合はせり

寄り添ふは話さぬことらしただ坐りにつこりしてゐるそれだけの事

足弱になりたる夫と歩みきて泰山木の花を仰げり

うつつにて腕を伸ばせば届く夫あたたかければ時間を止めて

法螺貝

この山に籠れる友に家族あり登り口には石楠花あまた

蜜蜂の姿は見えず石楠花の花群ありて羽音の聞こゆ

法螺貝と錫杖の音ひびきたり瀧谷の山に修験者の列

消防車五台はべらせ山中に護摩木は組まれ高々とあり

大護摩の煙はも炎《ひ》を抱きつつ伽藍の屋根を舐めて昇りぬ

参拝の人の眼《まなこ》に護摩の火があがりゆきたり勢ひつけて

ジーンズを脚絆にかへし修験者の経をよむ声ひくく地を這ふ

山の向かう

山祇《やまつみ》へ手向けにならむ烏瓜の色づきはじむ高野街道

補陀洛の意味かみしめて信徒らは手を合はしたり護摩焚く前に

目の前に制吒迦童子振り向けば慧光童子　動けぬわ・た・し

をちこちの槇は枝より雫して霞の中に芳しく立つ

町石を辿り高野に上りゆきこぞりてまみゆ薬師如来に

行者らの法螺貝ひびく山向かう靄のかかりて迷ひ人ゐる

薄暗くなりたる高野の谷底に残り螢のあはあは点り

凹凸あれば

朝な朝な川面の鴨を数ふるに今日は芥の流るるばかり

川向かうに飛ばされさうな吹き流し園児の描きし鯉かぜにのる

じやんけんに負けるつもりのパーを出し卓上にゐる夜店の金魚

ふつと出た溜め息大きく顔あげぬ山のかなたに白雲うかぶ

いくばくの寂しさを持ち轆轤ひく遠目で見てゐる夫のために

土塊に話しかけつつ創りをり凹凸あれば個性とならむ

夏祭りの賑はひ聞きて漆黒の器にせむと釉薬かける

夕暮れて器の出来はいかならむ黄花コスモスそよりともせず

幾たびも窯変ねがひ温度計と時計と火のいろ夫と見守る

上弦の月昇りたり一日を終へてやうやく水を飲み干す

ほどのなくぽつんと雨がくるだらう風の匂ひが草の匂ひに

午後三時

鯔はねて泡立つ川にきれぎれの高層ビルが映る夕暮れ

待ち受けの画面に撮りし蓮の葉に二匹の蛙揺られてゐたり

とりとめのない日の多く午後三時となりの空き地に雀あつまる

唐人が多く浪速に上がりしと碑文は伝ふしかと読めねど

にはか雨やみて鳴きだす初蟬のとぎれとぎれに届く昼どき

初蟬のじじつと鳴けり鳴きてまたしばらく鳴かぬ夕暮れまでを

じぐざぐにひと日過ごさむ紅のハナミヅキ咲く道ばかりなり

相槌はふーんで終はる三人の息子それぞれトーン異なる

さびしげに

鶯山荘文学碑林をたづねて

つつかれて古い記憶がすべり出す話せば苦き思ひ出多し

こぼれさうな記憶の中に友がゐる指のかさぶたそろりと剝がす

本音からどんどん遠のき語る人の後ろ姿が鏡にありぬ

三分の遅れを幾度も放送すあやまる車掌の声の若かり

乗り換への時間短く早足に海への道をともかく進む

さびしげに見えしか一羽の四十雀われの前ゆく先々までを

坂の上のそこかしこには竹落葉あまたの歌碑の立ち並びたり

在るもののなべてはわれとおもふ日や泪ぐましも春のやまなみ　前　登志夫

杜鵑しきりに鳴けり師の歌碑は耀ひをりぬ北のはたてに

師の歌碑も足元にある夏草も我らを迎へ華やぎてをり

錠前をかけて留守居の人をらず小屋はしづもり石碑の並ぶ

海に向き大きく息を吸ふやうに師の歌碑はあり神々しくも

荒々し佐渡の海よと歌はれて訪へばうるはし宵の舞人

アイヌ語で亀は神なり大野亀岬《おほのかめ》くわんざうの花ゆれて咲き満つ

Ⅱ

金襴の布

金剛山のレンゲ草まで入り交じり豌豆びつしり送られて来ぬ

荷を解けば青き匂ひの漂ひて「つまらぬもんで」叔母の添へ書き

ときをりに母弾きをりし琴を出し七七八《さくら》・七七八《さくら》と鳴らしてみたり

金襴の布に被はれ仕舞はれし琴に傷あり幾とせ経つや

あの時はああでしたねで通じ合ふ友と弾きたり外は春雨

たんぽぽの綿毛が電車に乗りこみて微睡む人の頭上にとまる

青葉まつり

京都智積院

息災を願ふ人らがもくもくと玉砂利を踏む紙切れを持ち

雨粒の落ちはじめる中うごかずに見つめるほのほ柴燈護摩《さいとうごま》の

ひとときの晴れ間に拝み辿りたり松の翠の匂ふ石道

堂内は僧百人と信徒らの読経に香のくすぶりてをり

さよならとつぶやき漏れぬ一日を経の中にて過ごし来ぬれば

黒南風

風上の憩ひの家より聞こえくる二部合唱の女性コーラス

日曜の朝のつこりと殻出でてヤドカリのごと部屋をうろつく

陶芸の仲間とつくるジオラマの窓を黄色に塗る人のゐて

黒南風のそらの真下の救急車サイレン鳴らさず帰りゆきたり

花の名を問ふ

昼からは大雨ですと予報士の言葉のやうには降りださぬ雲

白雨きぬ高層ビルはぼんやりと霞みて空に溶けゆくやうな

伸び伸びと自生してゐる立葵今日も一人が花の名を問ふ

ねこじやらし小さな空き地を埋めたり嬰児《みどりご》泣くをきれぎれに聞く

たまさかに書きたくなりて一日をながめてすごす花の便箋

商ひに何の役にもたたねども言の葉紡ぐ来し方の日々

毎朝をぽちぽち歩む老人が今日は女性と散歩してをり

はなれ住む

はなれ住む息子が終電乗り遅れふらり来たりぬ子の顔をして

青き実をあまたつけたるふるさとのいちじく畑の広々とあり

ゆりの木にゆりの花咲く県道はいつもと違ふ渋滞となる

今日こそは何か良いことあるやうな道を歩けり合歓の花さく

しまらくは日本一と胸はりてあべのハルカス見上げてをりぬ

覚えてゐるはずの地名のもどかしく大きなくさめ続けて出でつ

恐る恐る生まれ出でしか梅雨明けを待たず鳴きたるニイニイゼミは

ひとしきり夫のぐちを言ひしのち媼ら話す川面の虹を

少しだけ休んでいいよといふやうに蜩鳴けり杉の林に

大の字は次第におほきく鮮やかに山を焦がしてきこえる読経

この春に夫を亡くしし友の瞳《め》に五山の送り火しかと映りぬ

新しい朝

川岸に実生の枇杷のたわわなり夕べうすらな影をつくりぬ

キーボード打つ手をしばし遊ばさむ窓より見ゆる夏のわた雲

新しい朝が来たよと子供らと声をかけ合ひラジオ体操

ときをりに風の冷たき公園のみんみん蟬は力をしぼる

出席と書きたる葉書三日間眠りてをりぬバッグの底に

つねならば

風台風これほどまでとは思はざりビルを揺らして柱軋ます

樫の木は根元より折れ枝や葉の散り散り車道にうごめきてをり

水面のわづかに上を板切れの飛ばされゆけり橋の下まで

道路には車通らず看板や屋根板かぜに走らされをり

倒木の太き枝葉の匂ひ満ち長堀通りはみどりに噎せる

つねならば十五分の道のりををちこち阻まれ自動車の中

強風に逆らはずありし三叉路の信号機なほぶらりと下がる

栗の木がバッサリ折れてガレージの屋根が壊れてと話はつづく
すつぽりとブルーシートに覆はれし屋根に三羽の雀さへづる

台風の過ぎたるのちにふたたびの芙蓉咲きたりうすくれなゐに

夏過ぎて日本アサガホ今朝も咲き種結びえず干からびゆけり

ポリバケツの中に入りたるコガネムシ掬へば飛びぬ水滴落とし

黒き鞄

男らはアタッシュケースを抱きかかへ座席に深くどすんと坐る

夕刻の会議終へしか電車内に坐る男の片手にビール

要するにいはゆるあるいはたとへばと演説聞きて微睡みてをり

夕暮れて肩たたきあふ男らに離れずありぬ黒き鞄は

何一つ変はらぬ明日は来るだらう鞄にあなたの手紙がをどる

やんはりと拒む言葉を胸に抱き大銀杏の木に見られてをりぬ

Tシャツにコートをはおり出かけたり決め台詞など考へながら

手になじむスマホひとまづオフにしてぼんやり眺む今宵の月を

神保町すずらん通りの古本屋ながめる時間ほどけるじかん

よろしければ

つぎつぎに金木犀が花をつけ長閑なりけり街の公園

軒を打つ雨音に混じり聞こえくる金木犀の花しづくして

零れゆく思ひのかさか木犀の樹下《こした》は花に埋めつくさる

幼子の指さす蜜柑の木にアゲハ翅をひろげて長く動かず

ゆつたりと真鴨の家族が泳ぎ来る秋風未だふかぬこの日を

時雨きてつぎつぎ首をそよがせる数多の亀が草のごとくに

よろしければいかやうにもと曖昧な言葉に迷ひうろうろとせり

子育てのママたちと子らに囲まれて蜜柑をもげり背高小母さん

忍び手

染色家　木村　孝女史を偲ぶ
平成二十八年十一月二日　没

春にまた会ひませうと言ひたりきテレビ画面に忍び手をする

「日本の色を楽しく着るの」三日前に講義してゐき京都の料亭

背筋たて着物姿のそのままに逝きたまひけり秋のまなかに

いつもなら
真夜中の救急室にひつそりと眠るばかりの夫に寄り添ふ

あきらめて入院決めし秋の日に咲きたり一つ芙蓉の花が

いつもなら念のためかと笑ふ夫病室からの飛行機を見つ

いつもなら十四階の病室を快適ホテルとジョーク飛ばすに

北摂の稜線おぼろに見ゆる午後やうやく目ぢから出はじめたらむ

ネオン街に足の遠のき萎みたる気力の行方を探すや夫は

触れさうで触れざりし夫の手をつかむ公孫樹並木の坂はなだらか

池の面は

櫨の実の道に散らばり靴底に秋を曳きつつ河内をめぐる

ほそくながく弱々しく鳴くひぐらしを追ひたてるごと朔日くれる

池の面はもみぢ落ち葉におほはれてときをり小さく鯉のあぎとふ

こつぶなる花を愛でたる母は亡く堤防沿ひに木犀かをる

足をとめ見る人多き梅田地下《うめちか》街の階段よこに石蕗《つは》の花咲く

つはぶきのそこここにあり秋風に揺れて動きて拍子をとりぬ

どうしてもあちらに行かうとひつぱりぬ今朝の柴犬むかしのあなた

四人がけのベンチに三人《みたり》神妙に頭をたれてスマホをいぢる

「あと二日で二歳になるの」ママたちの会話は大きな日時計の前

コスモス畑

号令のかかりしごとくいつせいに灯れば麓のくらしが見える

ぢやあまたと子の手をひきて右ひだり金木犀の匂ふまちかど

軒先にコスモス咲かせ道をゆく人にほほゑみかくる媼は

桜木に琉球アサガホ絡みつき寒さ近づく今を咲きたり

刈られゆく草の下より蟋蟀の飛び出し来たり追はれゐるがに

芋虫は冬の支度を始めるや杏の葉影に身をよぢりゐる

すとんとふ音するやうに陽の落ちぬ東の国よりわづかに遅く

私にもあつた気がする壺を焼く五百七十三度の危ない一瞬

公園の公孫樹もみぢはいつせいに葉を落としたり液雨来たりて

夜更けまで車の走るまちなかに椿のぽつと綻ぶしじま

秋桜の三万本に花の咲き秋の出口を隠してをりぬ

望月はさやかに昇り遥かなるコスモス畑に風そよぐらし

卓上の伊予柑ふくふく匂ひたち誘はれゐる夜の厨に

伊予柑はぽてりと重く親指の力をためすやうすを見せる

川口教会

カーブする電車の警笛二度聞こえ眠りたくない夜にこだます

身めぐりの思ひを捨てむ躾糸つきたる母の小花の袷

歩かねば足腰弱ると身振りしてさとされをりぬ十歳の子に

足元にレンガ敷かるる坂ゆけば川口教会目の前となる

黒ずみし川口教会写生する少女の肩はまろみ帯びをり

非武装の街にあまたの黒マスク眼光やはらな少年たちの

為すべきこと

悔いなしと思ふほかなく、前向きてしんとしをれば邯鄲の声

いつになくかぼそく長く犬の鳴く砂利の敷かれし空き地の隅に

初めての理科の図鑑を買ひたりき高松書店は店じまひする

生涯に為すべきことの一つにて親の表札壁よりはづす

思ひたち温泉地までしまらくは夫に運転委ねてゆかむ

いつかまた聞くことあらむこの宿に規則正しい夫の寝息を

Ⅲ

ほつほつと

ほつほつと湯気たつやうな年明けて川面のさざなみ眺めてゐたり

鳥の声ほがらに聞こえ老松の帯を結ばむ今年はゆるく

新年の川はそよりと流れゆく静かな街に落ち着かずゐる

澪ひきてキンクロハジロは幾たびも土佐堀川の端より端へ

珍しくセグロカモメの飛びきたり川面に大きく漣のたつ

をしどりがふいに消えたり岸近くの浮草ゆつたり流れてゆけり

夕陽のわつか

ゆふぐれの港めぐりの毎日を夫に添ひたり日没までを

天保山の埠頭に着きぬ肩ならべ夕陽のわつかの中に立ちをり

めぐりきて今宵のドライブ終了と笑ひ今日から令和元年

美し松

住宅地抜けてにはかに現れぬ枯葉におほはるる山はだ一面

赤松の肌に陽がさしあらあらとウックシマツは青空に立つ
滋賀県湖南市平松の天然記念物の松

頬あてて友はしばらく目を瞑る　松との会話は知ることのなし

自生地のウックシマツは九十七本番号順に話しかけゆく

傘型とハウキ型あり幾たびも松をめぐれば過ぎゆく時間

切り株の樹齢はおほよそ三百年南に大きくかたよりてをり

古井戸

さかんなる花の下ゆく一年生口をとがらせカタカタあるく

けやき五本ならぶ坂道かぜの道春一番に揺れて立ちをり

行く道は一つの流れあるらしく流されゆかな楽しみゆかな

昼の月うすく浮かびて少しある時間のズレをぼんやりすごす

毀たるる家はガ音に響きつつ楽しさうなり柱も壁も

からうじてつまめるネヂを外しつつ子の目が言へり諦めようと

板塀はあちらこちらを剝がされて建つてゐるのが不思議でならぬ

古井戸は残しておかう空き地にはみみずの神様動きゐるから

老木の梅に大きく洞ありて樹液の鼓動聞こえるやうな

北風を受けゐし坂の梅の芽が襟元ととのへ顔出し始む

麦　秋

近江は夫のふるさと

麦秋の近江平野は地ビールの幟をちこちはためきてあり

麦穂田の平たく続きそよぎゐて家のまはりはせせらぎの音

ひゅーるるる湧くごと鳴きぬ麦畑のかたへの川に河鹿蛙は

早苗田と麦畑ならび刈り取りの人影まばらに動いてゐたり

麦畑の水車まはりていそがしく水茎焼きの小屋に続きぬ

地ビールの生産高を競ひつつめぐりは未だ米農家多し

山鳩

三椏の花を通りに咲かせゐる奈良町歩めば師の声がする

奈良町の家並みくねる裏道にてんてんてんてんとムスカリの咲く

掲示板の庇にひよいと脚をかけ土間に入りくる山鳩今朝も

入りきたる山鳩ひとこゑ鳴くやうな様子を見せて鳴かず出てゆく

姑いまさばたづねゆきたし腰痛に効くといふなる百草を持ちて

最期まで変はらぬ明治の女なりき割烹着姿をよそには見せず

それなりに歩みてゆかむ楽しみは花咲けば花に月見れば月に

「持ってくか」返事を待たず渡さるる新玉ねぎのさみどり重し

ゑのころ草

前うしろ幼子のせて自転車がスピードを出す祭りの前夜

鉦太鼓鳴らしつつゆく船渡御の船の増しゆき人ら浮き立つ

どうしたと問ひくる声の聞こえたり伯楽橋をくぐる船から

ゐのころ草泡立ち草のはびこりて仔猫ときをり顔出す空き地

私にもジーンズ似合ふ時ありきどこまでも細く長い道ゆく

堤防は危険水位に近づきぬ瞼をとぢて川の音きく

雨台風過ぎし街路に百日草倒されつつも生きながらへる

片付けを終へたる部屋にゐるやうなずんどうの木の並ぶ公園

夕焼けの埠頭のベンチに二人して陽のしづむまで坐り続けぬ

岸辺にさわぐ

街川は波立ちてをりにぎやかに岸の蜜柑をもぎとる子供

紙切れのぷかりぷかりと冬鳥のすは到来と岸辺にさわぐ

鴨たちの集まる川面のきらめきに昨日の疲れの消えてゆきたり

にんまりと笑ひてしまふ合鴨の飛び立つ須臾を待ち受け画面

突堤に夕焼け見る人それぞれのスマホかしやかしや鳴らしはじめる

ゆふぐれの黄に染まる道を前向きて肩ひぢはりて足早にすぐ

見る目には

見る目には歩むさまかもともかくも駆け足でゆく橋向かうまで

ままならぬ身体と心を押し潰す夫の病の重くなるとき

三人子の駆けつけるのを待ちをりて夫悠然とわが元はなる

こもごもに

一夜にて黄葉すすみし御堂筋昨日の私にもどしてほしい

こもごもに子の訪ひきたり部屋内にれんげ蜂蜜たつぷり残る

蛇口よりぽつんぽつんと零れ出る水のごときよ息子の言葉

二の腕をパジャマより出し泊まる子の煙草の匂ひを許す今宵は

疲れたらソファに体を沈めよの記事を読みつつまどろみてをり

置き去りに

ほほにある水滴とばしゆく風に西の空への道をききたし

ま昼間を驟雨に遭ひぬ閉ざされし空なる時を雨脚にみる

子供らのカ行ハ行の声ひびきあなたの声は身めぐりちかく

置き去りにせしことありき二枚刈りのあなたを茶房の奥処に残し

向かうから白い顔する人の来てわれはいかなる顔してゐるや

話しかくるあなたの声のあるごとく言葉かへせり歩みをとめて

うつすらと指紋の残る腕時計バッグの底に時をきざみぬ

黒コート作業着背広クローゼットに納まりてをり在りし日のまま

つぶつぶの梅の花芽がつきてをりあなたのゐない春がくるのか

山の清水

雪橇と黄のスコップの並べられ但馬一の宮鎮もる森に

ぬかるみの道を歩みて訪れぬ雪解け水の流るる中を

ぼそぼそと男が片手で差し出せる蕗の薹入りビニール袋

菜の花の花粉に染まる男なり鴨の帰るを告げてゆきたり

ベッドより師は身を起こし瀧谷の水は如何にと問ひたまひけり

平成二十年二月　前　登志夫先生を見舞ひき

ひたすらに山の清水を恋ほしめる師へ瀧谷の水を一滴

韻律の清しくあれと自らを河になぞらへ詠みたまひけり

耳こそばゆし

おはやうは次の角より聞こえ来ぬショートカットの自転車の人

言葉などいりませんね自転車の人はさらりと通りすぎゆく

のどやかな街川に泳ぐコハクテウにうからと視線を合はせる一瞬

届きたる時間指定の小包に手描きの城あり色とりどりの
三日月の右上にある金星の輝くあたりキングマンション

急ぐことなにもなけれど足元に霧の這ひきて下るほかなし

じんわりとおなかにつきたる脂のやう巷の愚痴につきあひをれば

黄の旗が飛ばされきたりつかのまを土佐堀公園はなやかになり

にはたづみ流るる川の堤うつ音やはらかく耳こそばゆし

雨降ればユリカモメ増ゆる川面なり幅いっぱいに悠々およぐ

すみれ草寒雨にうたれ芽を出しぬその小さきに指ふれてみる

さりげなく

帽子屋と隣り合はせの戸がひらき岸タンス店に吸ひこまれゆく

さりげなく三密さけて店内へ案内する人髭の長くて

立ち並ぶ高額札の家具たちがぐいぐい前にのりだしてくる

材質と作り手の名の目立ちたる林のごときを抜けてゆきたり

いつの日にオレンジ通りとなりたるや家具屋は二軒残るばかりに

材木市ひらかれし場所も今はなく人の少なき公園となる

街角に取り残されて看板は朽ちてゆくやう材木問屋

知らぬこと

しとしともじやじやぶりも好きと雨空を眺めてゐるや庭の紫陽花

雨に打たれペンペン草はしなだれて排水溝をひるまずに生ふ

前を向き過ごしてをれば良き日なり豪雨の時も真夏日さへも

さりげなく手渡されたる白百合の花より蟻が這ひ出てきたり

最高の出来栄えと思ふ大皿はわづかにゆがみ笑ふかのやう

ビル売られ夕陽かへしし白塗りの壁に毎日ネオンがともる

この夏の暑さをしのぎ夕ぐれに咲ける朝顔いちりんにりん

知らぬことまだまだ多しヒルガホ科あさがほゆふがほ咲く道をゆく

昨日まで机にありしペン失せてあなたの思ひ出なほも膨らむ

手の甲にシミをいくつか見つけたり一つは花火一つは竈の

風鈴のちりりりと鳴りて振り返る立石寺内のあの閑けさを

雨だれの
さやさやと雨を連れくる風にのり遠くの人の声が届きぬ

外つ国の子らに届けむヘアドネーション艶ありし日の我をしる髪

四十年残しおきたる黒髪を送りし夜は白のワインを

わが髪はいづこのいづれの頭《づ》に被る湿りし風に雨滴のまじり

雨傘にいくつか落ちて団栗のころがりゆけり側溝までを

ざんざざんざ石段踏みつつ下りゆくまひまひつぶりを潰さぬやうに

人をらぬ庭のつくばひ雨だれのひとつひとつが話しかけくる

あまだれが土を穿ちてゆくやうに人を恋ほしむ夢の中まで

あとがき

この歌集は『ほどよき形』に次ぐわたしの第二歌集です。
二〇一四年秋より二〇二〇年冬までの六年間、主に結社誌「ヤママユ」および同人誌「パンの耳」他に発表した作品三百五十首余りをほぼ編年順に収録しました。その間には、二〇一五年夏、病気一つしなかった夫に病がみつかり、十六時間の大手術を経てから入退院を繰り返し、二〇一九年秋に帰らぬ人となった時期がすっぽりはまります。そして二〇二〇年はコロナ禍のため十分に仲間と会う事が出来ず、一人で歌と向き合った一年でした。

今年夫の三回忌を迎えるに当たり、約束であった表紙カバーに夫の描いた絵を使って第二歌集を出版することにしました。

まとめるに当たりヤママユ編集長の萩岡良博様には丁寧に歌稿を見て頂きました。またフレンテ歌会の松村正直様には細やかなご助言を賜りました。ともに厚く御礼申し上げます。

そしてお忙しい中、萩岡様、松村様、久々湊盈子様には懇切な栞文を頂戴しました。ありがとうございました。

最後になりましたが、歌の世界へお導き下さった前登志夫先生、「山繭の会」および「フレンテ歌会」他、歌友の皆様、装幀の労を取って下さった長谷川周平様、出版にご尽力いただきました本阿弥書店の奥田洋子様、佐藤碧様に心から感謝申し上げます。

二〇二一年七月

乾　醇子

著者略歴

乾　醇子（いぬい　あつこ）

1945年　大阪府生
1985年　アサヒカルチャー教室　前 登志夫講座受講
　　　　その後　師事
1990年　「山繭の会」入社　現在「ヤママユ」同人
2014年　第一歌集『ほどよき形』 角川書店

現代歌人集会会員　日本歌人クラブ会員

ヤママユ叢書第一五四篇

歌集 夕陽《ゆふひ》のわつか

二〇二一年七月二十一日　初版発行

著　者　乾　醇子
〒五五〇—〇〇二三
大阪府大阪市西区千代崎一—二—五四

発行者　奥田　洋子
発行所　本《ほん》阿《あ》弥《み》書店
東京都千代田区神田猿楽町二—一—八
三恵ビル　〒一〇一—〇〇六四
電話　〇三（三二九四）七〇六八

印刷・製本　三和印刷（株）

定　価　二九七〇円（本体二七〇〇円）⑩

ISBN978-4-7768-1554-9 C0092(3270)